해우소

조정제

경남 고성에서 태어났다. 서울대학교 영어영문학과를 졸업하고 미국 캔사스주립대학교에서 경제학 박사를 받았다. 해양수산부 장관, 규제 개혁위원회 및 국무총리실 정책평가위원회 위원장을 지냈으며, 바다살리기국민운동본부와 아프리카어린이돕는모임을 책임지고 있다. 한국 문인협회, 국제펜클럽, 에세이스트, 시조생활에서 활동하고 있다. 시조집으로 『도반』(공저) 『파랑새』, 한영 대역 시조집 『자유와 절제 사이』(공저), 수필집으로 『남산이 보일때』 『바다와 어머니』, 장편소설로 『북행열차』 『카알라의 강』 등을 출간했다.

jungjjoh@naver.com

해우소

—

초판 1쇄 2019년 4월 15일
지은이 조정제
펴낸이 김영재
펴낸곳 책만드는집

—

주소 서울 마포구 양화로 3길 99, 4층 (04022)
전화 3142-1585·6
팩스 336-8908
전자우편 chaekjip@naver.com
출판등록 1994년 1월 13일 제10-927호
ⓒ 조정제, 2019

—

ISBN 978-89-7944-680-7 (04810)
ISBN 978-89-7944-513-8 (세트)

한국의
단시조
027

해우소

조정제 시집

책만드는집

　수산水山 조정제 시인은 한국 시조문단에 혜성같이 나타나 시조의 세계화와 생활화에 적극 힘을 보태고 있다.

　수산은 서울대학교 영어영문학과를 나와 문민정부, 국민의 정부, 노무현 정부를 거쳐, 해양수산부 장관을 비롯하여 규제개혁위원회, 국무총리실 정책평가위원회 위원장 등 요직을 역임한 분이다. 그는 경제학 박사, 명예 경영학 박사로서 가천대학교 석좌교수를 지냈다. 그 누군들 이런 화려한 경력에 경탄치 않으랴.

　특히 수산의 정치 철학, "한국의 살길은 육지보다 저 넓디넓은 바다에 있다. 지도를 거꾸로 보아라. 바다와 세계가 툭 트인다"라고 한 명언은 우리 시조의 세계화에도 시사하는 바가 크다.

　수산은 현재 세계전통시인협회 한국본부 전통시번역연구소장으로서 계간《시조생활》에 금년 봄호(118호)부터 '시조영역 마당'을 여는 등 시조의 세계화에 일

익을 담당하고 있다. 인터넷 포털 사이트 다음daum의 〈마음빛 누리에〉라는 카페에 '수산 시조방'을 열고 있고, 또한 정기적인 시조 강좌에도 정성을 들이고 있다.

그런데 내가 수산을 좋아하고 존경하는 이유는 그의 현란한 경력과 업적에 있기보다 고매한 인격과 강렬한 조국애, 그리고 소탈한 인간미에 있다. 수산의 투철한 작가 정신과 남다른 예술적 재능에는 홀딱 반하지 않을 수 없다. 수산은 빼어난 시인이요, 소설가며, 수필가로서 각 장르를 두루 섭렵하면서도 어느 것 하나 허술한 데가 없다. 특히 그의 시조는 웅혼한 철학과 사유 속에 때로 가붓한 풍류도 즐긴다. 이번에 출간하는 『해우소』에 실린 단시조 태반이 이를 잘 살려낸 선시조禪時調다.

지나친 극찬으로 여기는 분들이 있다면 다음에 제시한 시조를 읽으면 수긍하리라.

내 맘속 빈 공간 무엇이 들게 할까
사방을 툭, 트고 하늘이 쉬게 할까
바람이 들고 나는데 승무 추는 흰 나비
　－「빈 공간」 전문

새들이 노래하네 몸 무게 내리라고
바람이 살랑대네 맘 무게 내리라고
티 없이 걸림도 없이 목화구름 타볼래
　－「날개 없이 날다」 전문

두 눈이 어두우니 별들이 보입니다
두 귀도 어두우니 사랑이 보입니다
마음은 모 없는 거울 본지풍광本地風光 보입니다
　－「별천지」 전문

이것 말고도 다루고 싶은 작품이 허다하지만 지면

이 허락지 않아 아쉽다.

　앞으로 더더욱 좋은 작품으로 우리를 기쁘게 해주시고 국위 선양과 세계 평화에 이바지하시기를 간곡히 빌겠습니다. 가내 두루 안강하시고 건강한 가운데 오래오래 사시기를 빌겠습니다.

　　　　　　　　　　　세계전통시인협회장 유성규

늦게야 문단에 들어서 수필, 소설 등을 해매다 시조 문단에 안착한 지 이제 3년 가까이 됩니다. 80줄에 갓 들어선 애송이 시조시인입니다. 이번에 두 번째 시조 집 『해우소』를 상재합니다. 단감이려니 맛을 보니 뒷 맛이 떫습니다.

감사할 분이 많습니다. 먼저 시조문단에 등단하도록 다듬고 키워주신 세계전통시인협회 시천柴川 유성규柳 聖圭 회장님, 감사합니다. 더군다나 올해 구순에 들어 이틀에 한 번 투석 치료를 받으시는 중에도 흔쾌히 자 상한 머리글을 써주셨으니 너무나 감사합니다. 송구 스럽습니다. 시문회柴門會 강의 중에 자주 "시조는 짧 고 쉽게, 그러나 철학을 담아야 한다. 평시조라야 시조 맛이 나는 거다" 강조하신 그 가르침을 새기며 단시조 집을 냅니다. 이 어줍은 시조집을 노스승께 바칩니다. 부디 쾌유하시어 백수白壽를 훌쩍 넘기시기를 빕니다.

이번에도 기꺼이 친필로 평설을 써주신 우석隅石 김

봉군金奉郡 문학평론가님, 감사합니다. 세계전통시인
협회 한국본부를 이끌어주시고, 각별한 시조 강의와
살뜰한 지도를 베풀어주심에 노상 감사를 느낍니다.
　이 모두가 은혜입니다. 감사, 감사합니다.

2019년 4월

조정제

| 차례 |

3부   억새 축제

4부   아래로

5부   고독 놀이

6부   빈 배

1부

문門이 없다

나 아닌 나

물에 비친 얼굴에 반한 내가 아니다
물속에 잠긴 달에 혹한 내가 아니다
악마에 영혼을 파는 미친 내가 아니다

귀로 보다

경종을 울립니다 마음이 울립니다
종소리 워웅워웅 하늘로 퍼집니다

소실점
나는 소라 껍데기
허공 품에 안깁니다

돌고 돌아

석두암 경종 소리 변산구곡九曲 떠간다

큰 늪을 맴돌다가 영지影池에 돌아든다

바위가 물소리를 듣는다 무지개가 고웁다

빈 공간

내 맘속 빈 공간 무엇이 들게 할까
사방을 툭, 트고 하늘이 쉬게 할까

바람이 들고 나는데 승무 추는 흰 나비

듣지 않고 듣다

내가 심은 벚나무 의젓한 청년일세
내 머리 눈꽃 이고 몇 번이나 출연할꼬
불두화 법을 설說하고 나비나비 춤추네

해우소解憂所

마누라 잔소리도 들리지 않는 이곳

마침내 낙뢰 소리 내 소우주 깨질라

황금을 버리고 나니 비비새 소리 해맑다

날개 없이 날다

새들이 노래하네 몸 무게 내리라고
바람이 살랑대네 맘 무게 내리라고

티 없이 걸림도 없이 목화구름 타볼래

씻김굿

과거와 현재 싸움 현재가 이겨낼까
업장은 과거의 나 덩덩따 덩덩덩따
나와 나 다생多生을 대지르니 이런 천치 보았나

무현금 無絃琴

별들은 우주에서 반딧불이 놀이 하고
도연명은 강 속에 둥근달을 켜고 있고 –

불자는
법 없는 법을 켠다
줄이 없는 거문고

적멸보궁寂滅寶宮

정암사淨巖寺* 추녀 아래 목어木魚가 찰랑대니
백당나무 열매도 빠알갛게 영근다
단청도 노을이 든다 적멸赤滅보궁 익는다

* 강원도 정선군에 있는 절. 월정사의 말사로서 석가모니의 진신사
리를 모시는 적멸보궁이 있다. 종장에서는 '고요할 적寂' 자를 '붉을
적赤' 자로 표현.

26

인드라망

산새 소리 들린다
쉬, 숲 소리 울린다

우, 지구 도는 소리
오, 달님 기도 소리

한 소리
소리 없는 한 소리
−거미줄에 춤추네

자유 몸짓

향불이 타오른다 제 몸을 불사른다
향 내음 넌짓 타고 제비나비 춤춘다
솔바람 숨을 죽인다 동녘 햇귀 따습다

대도무문 大道無門

큰 도는 문이 없다
길 없는 길은 있나

나뭇잎 타고 들까
여의봉 타고 날까

고행길
반야용선 찾아라
고래들도 나서라

자기 천도薦度

소쩍새 울면 죽고
종다리 뜨면 깬다

관 속에 묶여 사네
하늘이 빠알갛네

봄 봄 봄
밭매러 가세
에헤 에헤 어야디야

2부

마음밭

마음씨

가는 말씨 고와야 오는 말씨 고옵다
"마음씨가 고우면 앞섶이 아문다"
마음씨 타고나는 것일까 씨앗 개량 안 될까

고운 마음

해묵은 젓갈같이 곰삭은 향기 나고
겨울 무 김치같이 뒷맛이 개운하고
따사한 숭늉 맛, 그런 마음씨가 좋더라

별천지

두 눈이 어두우니 별들이 보입니다
두 귀도 어두우니 사랑이 보입니다

마음은 모 없는 거울 본지풍광本地風光 보입니다

불이문 不二門

해가 뜨면 일출봉 달이 뜨면 월출봉
귀천이 따로 있나 성속聖俗이 씨가 있나
태평양 기선機船이 갈라놔도 아물리는 저 뱃길

레미파

복사꽃 쉬이 가도 복숭아는 탐스럽네
평생 가꾼 마음밭 잡초가 기를 펴고
산과 들
꽃꽃꽃꽃 꽃꽃꽃
솔라시도 레미파

신나라

차 오일 갈았는데 나도 오일 마셨나
내 마음 신명 내니 내 말ᅦ도 신이 난다
신바람 한반도에 불어라 일터에도 일어라

옥거울

―이상의 「거울」을 보고

거울은 왼손잡이 내 손은 바른잡이
당신이 진짜라면 난 분명 허상이다
심중에,
참거울 묵혀두나
자성自性 거울 옥구슬

심우도 尋牛圖

머리는 감고 나니 탕 속이 시꺼멓다
마음은 도려내어 장대에 매달거나
망아지
뿔난 요괴, 언제
고분고분 부리나

극락길

걸어서 극락까지 얼마나 먼 길일까
생각을 굴리다가 대장경 속 헤매고—
머리서 가슴 가는 길 한 뼘인데 맴도네

마음 호수

동공에 눈곱 한 점 대해大海에 풍파 인다
마음에 티끌 한 점 대지大地에 광풍 인다
호수에 소금쟁이 거닐면 실바람도 졸리다

유아독존 唯我獨尊

하늘 이고 북을 친다 자진모리 장단이다

덩따쿵따 덩따쿵따 북도 없고 나도 없다

하늘도 숨을 죽인다 돋아나네 나 나 나

심월心月

마음 달 강에 떴다 외기러기 지나가고
눈이 듣네 달빛 소리 귀가 보네 강물 소리
둥근달 덩두렷 높이 떴네 가슴 좋이 안기네

차 한 잔

녹차 잎 우려내어 눈코로 맛을 보고
마음도 맑혀내고 영혼도 밝혀내고
―찻잔에
찻잎 동 동 동
피안으로 가잔다

3부

억새 축제

봄 어귀

강아지 손을 잡고 앞동산 올라가니
산 너머 저, 남녘에 냉이 달래 돋는 소리
병아리 새봄 나들이 하늘 보고 물 먹고 —

우포늪

늪지는 바탕화면 새들의 천국이다
뭇 새들 날고 들고 오리도 날려 들고
어미 소 울음소리 무~ 석양도 날아들고

자연이 되다

숲 우듬지 우~ 소리 하늘의 기도 소리
솔바람에 목욕하고 나도 두 손 모은다
다람쥐 잔치 벌이네 도토리가 널렸네

진달래 미소

강아지 친구하고 뒷동산에 올라가니
길섶에 핀 진달래 응석이 파리하다
다가서 눈을 맞추니 빠알갛게 웃는다

금낭화

금낭이 열리면 금은보화 쏟아질라
잎사귀 나풀대니 종소리도 춤추고
줄줄이 불이 켜진다 하얀 불이 켜진다

풍경 소리

물고기가 살랑대면 산수유 꽃이 핀다
물고기가 딸랑대면 산수유 열매 맺고
목어가 시월 노래 부르면 볼그스레 익는다

그리움

상사화 머리 풀고 이파리를 찾는다
달님은 소복하고 소쩍새는 곡하네
딸꾹질 딸꾹 따알꾹 그리움이 서럽다

즉심시불卽心是佛

진흙소니 무쇠소니 헛소리 하는구먼
즉심시불, '마음이 바로 부처' 아닌가
믿으니
'짚신 세 벌'*도 좋다
까막눈도 부처님

* 한 짚신 장수가 '즉심시불'을 '짚신 세 벌'로 잘못 알아듣고 깨달음
을 얻기 위해 '짚신 세 벌'을 외우고 깨쳤다는 이야기가 있다.

별 하나

달 옆에 빤짝이는 별 파리서도 보여요?
우리는 별 하나 보고 네 별 내 별 다투었지
이제는 멀리서 따로 보니 너나없이 우리 별

억새 축제

은빛 속에 자색 분홍 정겨이 어울리고
억새풀 흥얼댄다, "선 자리가 하늘 문"

이 자리
바람 불면 바람 춤
눈이 오면 함박 춤

삼동三同 숲길

숲 속 길을 걷는다 스승님 걸으신 길
골바람 손을 잡고 달빛 소리 밟으며
달님과 스승과 내가 한 몸 되어 걷는 길

부채송頌

부채질 여유롭다 산수화 부는 바람
부채 바람 좌냐 우냐 분별을 일으키나
부채는 나비 날갯짓 노랑 나비 흰 나비

꽃다지

흔하다 작디작다 하찮게 보지 마오
작은 손이 모여서 오일장을 이루고
민초가 모여 모여서 하늘 뜻이 되잖아

하늘 꽃

백련白蓮 고운 아미 보고 보고 그리는데
백련은 사라지고 백운白雲이 피어나네
마음 꽃
희다 못해 파라니
맑은 하늘 품는다

4부

아래로

효자손

등 밀 손이 그립다 꿈길은 칠백 리 길
효자촌*을 서성인다 효손자를 기다린다
꿈 깨게, 효자손을 구해서 긴 손으로 긁게나

* 경기도 성남시 분당구에 효자촌이 있다.

잡초가

잡초를 뽑고 있다 목어가 달랑댄다
박새가 똥을 싼다 머리 위 떨어진다

하늘을 우러러본다 흰 보살이 웃는다

씨알간장

배가 부른 장독에 메주 넣고 소금 넣고
고추, 숯도 띄우고 어머니 기도 소리—
엄마표 간장 맛나라 말간 하늘 익는 소리

비봉碑峯

비봉에 오르니 말굽 소리 어제 같다
삼국이 좁은 땅에서 원수지게 싸웠다

山 경전 -
산천은 의구하다
주유하네, 저 솔개

법

물이 간다 흘러간다 물 흐르듯 법도 간다
세상에 법이 있나 거스르고 야단이다
진짜는 물이 법인데 법을 물로 보다니 —

심향心香

모란꽃 짙은 향기 울안에 맴도는데 —
최 부자 마음 향기 달빛이 퍼 나른다
달동네 빈민촌에도 달님 손길 향그럽다

해 질 녘

어미 소 무우~ 새끼를 찾고 있다
식구는 저녁참에 무언無言을 씹고 있다
팔려 간 우리 송아지 노을 속에 엄매~

꽃바람

원망은 놀부 심보 감사는 흥부 심성
원망도 인연이다 감사는 은총이다
세상에! 꽃다지 바다 노오라니 정겨이

하화중생 下化衆生

아래로 흘러가면 강물이 기다린다
바람이 밀어주고 구름이 앞장서고
태양은 손짓하며 부른다 다독이며 품는다

암행어사

바람이 숲을 지나 시가市街로 내려오다
하늘은 시꺼멓고 외계인들 나부대고
신문고 울리는 소리 어사출또 둥 둥 둥

해바라기 세상

세상에 어딜 가나 해바라기 해바라기
우주에 해가 많다 해님이 따로 있냐
가슴에 해를 심으면 해님이지 누구나―

장경 너머

해인사 팔만 일천 장경 속에 조느니
장터 속에 어울리게 독경이나 하든가
바닷가 정자에 앉아 파도 소리 보든가

암자

목탁을 두드리다 노승이 졸고 있다
부처님 웃으시네 스님도 웃으시네
꿈속에 꽃을 받으시나 서역 노을 지는데

5부

고독 놀이

옥잠화 玉簪花

달빛이 익힌 향기 하얗게 별로 떴네
흰 새벽 목욕했나 향기가 파릇하다
옥비녀 모시 적삼이 고우시던 어머니

폐지 차

한 노인 온몸으로 폐지 차 밀고 간다
예수님 고난인가 부처님 고행인가

땀방울,
청계 미풍 신난다
쇠백로도 반기네

대자유인

나는 내 길을 가는 거다 난, 자유다
업보도 내 하기에 달린 거다 난, 자유다

놓아라 나도 놓아라 덩두렷이 달 뜨니 ─

해우소 2

벌이 들어 화장실에 아우성을 지른다
왕벌에 코를 쏘여 응급차 신세 졌었지

마음이 방충망을 열었다 보던 일을 잊었다

고독 정원

무료는 밖을 보고 고독은 안을 본다
가슴속 깊이 있나 단전에 틀고 있나

가즈아 고독이 썩은 자리 천도복숭아 움튼다

가보 요강

요강에 새겨놓은 난초가 맥이 없다
대대로 전한 가보 손부가 물려받아
요강에 꽃을 꽂으니 난초가 기를 펴네

하늘 바다

지구에 하늘 하나 내 별에 하늘 하나
은하로 이어놓고 초승달 띄워놓고―
낚싯대 넌지시 드리우고 선시禪詩 한 수 낚을까

기차 여행

고속 기차 내달린다 타임머신 돌아간다
흑백사진 펼쳐진다 풍금 소리 들려온다
기차는 앉은뱅인가 저 강산만 내닫네

병원에서

삼성병원 십 층에서 롯데타워 불빛 본다
맥박이 번쩍이네 초침이 돌아가네

한 인연, 천도天桃*가 보이나 봐 초승달이 차갑다

* 하늘 복숭아.

고송古松의 팁

도반님 또 만났군요 고송이 속삭였다
내생이 궁금하오? 나이테가 말하리다
부처가 멀리 있겠소 마음테를 살펴요

종가의 봄

고택 지붕 푸른 이끼 매화 향을 즐기나
정자는 시조 읊고 잉어 떼와 노닐고 –
사군자 기품 좀 보소 가보 요강 폼 나네

냉이 꽃말

"당신께 나의 모든 것을 드립니다!"
된장국에 넣을 냉이 얼마든지 드려요
울 엄마 한평생 손맛 솥뚜껑이 윤나네

추석맞이

허허로운 부모님께 자식들이 보름달
고수레 웬 떡이냐 이웃들이 모여들고
달 뜨네 손자도 며느리도 둥실둥실 웃음꽃

6부

빈 배

방구 복음福音

소장을 수술했다 긴 내장 되막혔나
마신 물 코로 뽑고 경보가 빠알갛다

마침내 방 방 터졌다 야, 방구가 복음이다

하회 부네탈

갸름한 얼굴에다 아래턱 넉넉하고
긴 코에 실눈 웃음 치켜든 입술 꼬리
부네탈 연지 곤지 귀엽다 사내 간장 녹이네

경차

경차는 군살 빼고 날 듯이 단출하다
용모는 깜찍하고 그 품은 엄마 같다
안기면 포근하더라 자궁 속만 같더라

시간

정인情人과 돛배 타면 한 삶이 꿈결이다
선정禪定 속에 날 잊고 바둑을 두어봐라

시간은 허공 꽃空華이다 지금 싹이 톡 튼다

소림명월도 疏林明月圖

-단원 김홍도의 명월

명월이 소림 속에 달빛 잔치 벌였네
달무리 방장 치고 단원을 초대했대-
단원은 가슴속에 들었나 치마폭에 숨었나

자유로움

제비제비 지지배배 나비나비 너울나울
낮달은 바람났나 이 골 저 골 쏘다니네
민들레 꽃씨를 타고 별세계를 듣는다

빈 배

돛단배 유유하다 바람이 노닥인다
달님이 쉬어 가고 별님도 놀다 가고
빈 배는 고향 품이다 음매, 송아지가 그립다

달집 여행

정월에 대보름달 달집에 불 댕겨라
풍물을 울리거라 악귀야 물렀거라
방패연 높이 치솟네 저, 영계靈界를 넘보나

어떤 미소

수련 핀 바탕화면 흰 구름 졸고 있다
물속의 웃는 얼굴 나도 마주 웃는다
연못은 주인 없는 거울 하늘 미소 맑갖네

지니

사랑은 마법사다 장미 향을 풍긴다
가시에 찔린 상처 빨간 향기 여문다
그대가 남긴 시 한 수 구구절절 향 나네

* 셰익스피어 소네트 #54를 읽고.

팔랑개비

바람 자면 십자+상 바람 불면 일원○상
개비는 변덕쟁이 이랬다가 저랬다가
내 마음 역시나 팔랑개비 정력定力 언제 굳을까

달빛 소리

한낮의 인공 소음 구름이 걷어 가고
달빛 소리 곰살갑다 물비늘 졸리웁다
고적함, 솔바람아 불어라 천리향이 느껍다

대도무문 2

큰 도는 門이 없다 정치도 門이 없나?
줄탁동시 입맞춤에 병아리들 태어나고

광화 문
색맹에 마이동풍
'나 비움'이 비번秘番*인데—

* 비밀번호.

수산의 시조 쓰기
-적멸의 시학

김봉군 문학평론가·시조시인·가톨릭대학교 명예교수

1. 여는 말

수산水山 조정제趙正濟 시조시인은 영어영문학과 출신
경제학 박사다. 경제학자가 낯선 길에 들어섰다. 영문학
과도 거리가 먼 시조시인의 행로를 열고 있다. 등단 2주
년 남짓 되는 동안에 두 번째 시조집을 낸다. 경이로운 창
작 혼이다. 제1시조집 『파랑새』 출간 때도 그랬듯이, 이
번 시조집도 왕성한 시작詩作 욕구의 분출로 이루어졌다.
시인의 창작욕은 끊임없이 다작多作을 낳고, 그로써 얻은
수확물인 많은 시조를 절차탁마로 갈고닦아, 그중 정수精
髓 80수를 가려 뽑은 것이 이번 『해우소』다.

수산 시조시인의 '길'은 선명하다. 인생행로 말이다. 시조시인이 되기 전 시인은 일상적 자아의 길과 초속적超俗的 자아의 길 간의 길항 관계 극복 에너지를 충전해온 것으로 보인다. 시조시단 등단 이후 그 초극 에너지는 언어로써 언어를 포월包越할 새로운 상상력의 경지를 여는 데 수렴했다.

수산 시인의 길, '도道'는 선정禪定·적멸寂滅을 지향한다. 그의 도의 길과 시조 창작의 길은 불가분리不可分離로 중첩된다. 도의 길이 시조의 길이고, 시조의 길이 도의 길이다. 이 시조집에 게재된 시조 80수 가운데 50수가 가붓하게 '도의 길' 안에 들어 있다.

2. 수산 시조의 특성

수산 시조 50수는 거의가 선시禪詩를 지향한다. 나머지 30수는 자연·세상·인간사의 곡절을 노래한다. 수산의 궁극적 관심사는 적멸경寂滅境에 이르는 것이고, 자연·세상·인간사도 종국에는 일체 무차별의 표상이다. 우리 독자의 관심사는 우선 수산 시조의 기교와 그 표상의 문예 미학적 감동 환기력에 있다. 나아가 마침내 그의 시조가

던지는 침묵의 진리에 접한 우리의 피감화력이다.

(1) 수산 시조의 말하기 방식

수산 시조의 본령은 선시다. 불교의 행위 아닌 행위는 선정禪定과 무언無言이다. 기독교의 갈구하는 언어 표출과 구별된다. 영산회靈山會의 교외별전敎外別傳, 불립문자不立文字, 심심상인心心相印, 직지인심直指人心, 염화미소拈華微笑가 초언어적 진리 소통인 것에 우리는 주목한다. 선시는 무無의 언어다. 언어를 무화한 언어이므로 선시는 자주 역설逆說과 가진술假陳述, pseudo-statement로 표출된다.

큰 도는 문이 없다
길 없는 길은 있나

나뭇잎 타고 들까
여의봉 타고 날까

고행길
반야용선 찾아라

고래들도 나서라

「대도무문大道無門」이다. 길 없는 길은 역설이다. '여의
봉'과 '반야용선'이 불교적 상상력을 환기한다. 여의봉은
자유자재, 천변만화를 가능케 하는 도구이고, 반야般若는
만법의 진실상을 아는 지혜다. 보살행의 6바라밀(6도度)
의 여섯 번째 덕목이다. 보시布施, 지계持戒, 인욕忍辱, 정
진精進, 선정禪定, 지혜智慧가 6바라밀이다. 수산의 선불교
적 자아가 '길 없는 길'의 역설 어법으로 길을 찾고 있다.

　　내가 심은 벗나무 의젓한 청년일세
　　내 머리 눈꽃 이고 몇 번이나 출연할꼬
　　불두화 법을 설說하고 나비나비 춤추네

「듣지 않고 듣다[無聞聞]」이다. 벗나무와 불두화佛頭花
가 연기설법緣起說法 안에 있다. 문제는 '무집착無執着'의
설법이다. 무집착이야말로 절대무絶代無의 본질이다. 그
것이 참자유 실현의 길이다. '듣지 않고 듣는다'는 것은
역설이다. 법화경 비유품譬喩品의 「관음게송觀音偈頌」은
역설의 압축 편이다.

백의관음무설설 남순동자무문문
白衣觀音無說說 南詢童子無聞聞

　백의관음은 말씀 없이 설하시고
　남순동자는 듣지 않으면서 듣는다

「듣지 않고 듣다」는 「관음게송」식 상징적 표출 방식을 지향한다.

　별들은 우주에서 반딧불이 놀이 하고
　도연명은 강 속에 둥근달을 켜고 있고―
　불자는
　법 없는 법을 켠다
　줄이 없는 거문고

「무현금無絃琴」이다. 줄 없는 거문고, 법 없는 법이 역설이다. 별·우주, 도연명·강·달, 법·거문고가 우주적 전일성全一性을 이루고 있다. 불교적 일체 무차별상一切無差別相의 세계다. 법 없는 법과 줄 없는 거문고는 언어를 해체하는 언어, 무상법문이다. 피안에 도달하면 타고 간 배를 놓아야 하는 법이다. 법박法縛에 매여 있어서는 안 된다.

법 없이 저절로 법을 굴리고 다니는 위인이 되어야 한다.

옛날 문인들은 자신들이 거문고를 직접 켜지 않고 심취하곤 했다. 도연명은 술이 얼큰해지면 물속의 달을 벗 삼아 줄이 없는 거문고를 무릎에 올려놓고 어루만지며 그 상상의 운율에 취했다고 한다.

두 눈이 어두우니 별들이 보입니다
두 귀도 어두우니 사랑이 보입니다

마음은 모 없는 거울 본지풍광本地風光 보입니다

「별천지」다. 눈이 어두워 보이지 않는 것이 보인다니 역설이다. 귀가 어두우니 사랑이 보인다는 것도 마찬가지 표현 기법이다. 마침내 마음은 본지풍광을 보게 된다. 1차 원고에는 공적空寂이라 했으나 다음 원고에서 공적이 보여주는 전경前景을 본지풍광으로 상징하고 구상화했다. 만해 한용운의 「님의 침묵」 어법과 상통한다. '님의 말소리에 귀먹고 님의 얼굴에 눈먼' 선시의 자아만이 또렷하다.

공적空寂은 만물의 실체란 부질없는 것이어서 분별 주착이 없는 상태다. 불교적 상상력으로 볼 때, 만유는 인연에 따라 생멸하는 가상假相일 뿐 영구불변의 실체가 없다. 이것을 공空이라 한다. 공이란 스스로 빈 것의 충만이다. 공이 스스로 비우지 않고 목적화할 때, 공이 스스로 유화有化할 때, 공이 스스로 되돌아보는 착심이 일어날 때 업業이 시작된다.

(2) 수산 시조의 길 찾기

걸어서 극락까지 얼마나 먼 길일까
생각을 굴리다가 대장경 속 헤매고 ―
머리서 가슴 가는 길 한 뼘인데 맴도네

「극락길」이다. 수행자는 부단히 정진해야 한다. 선불교의 길 찾기, 〈십우도十牛圖〉가 떠오른다. 그 과정은 모두 마음속에서 일어나는바, 일체유심조一切唯心造다. 〈십우도〉의 유비喩譬에 따라, 집 나간 소를 찾아 나서서[尋牛] 소의 발자국을 찾아내야 한다[見跡]. 어지럽게 흩어진 발자국 가운데 어느 것이 '내 소'의 자취인가를 가려내야 한다. 그 자취를 따라가 소를 발견하여[見牛] 단단히 붙들고[得牛], 날뛰는 소를 다스린다[牧牛]. 길들여진 소를 타고 집에 돌아오니[騎牛歸家] 소는 간 곳이 없고 사람만 남는다[忘牛存人]. 그리고 마침내 사람도 소도 사라지고[人牛俱忘] 진리의 근원에 회귀해[返本還源] 거리로 나가 중생을 제도한다[入廛垂手]. 지난至難한 것은 소가 간 길을 찾는 것과 찾은 소를 길들이는 일이다.

　　머리는 감고 나니 탕 속이 시꺼멓다
　　마음은 도려내어 장대에 매달거나
　　망아지
　　뿔난 요괴, 언제
　　고분고분 부리나

　「심우도尋牛圖」다. 소 길들이기가 이렇게 어렵다. 중장에 마음을 높은 장대 끝에 매달아 눈비로 매를 맞히고 뜨거운 햇빛으로 태운다. 공간적 은유이고 구상화다. 종장에서는 소보다도 개망나니 짓을 더 하는 뿔난 요괴 망아지를 객관적 상관물로 내세우며 상징화하고 있다.

　수산의 시적 자아는 이토록 극락에 이르는 길을 찾고 있다. 생각은 갈피를 잡느라 대장경을 헤맨다. 머리는 이성理性・이지理智이고 가슴은 감정의 세계다. 이지와 감정이 교차한다. 해탈의 길은 이렇듯 만만치 않다.

동공에 눈곱 한 점 대해大海에 풍파 인다
마음에 티끌 한 점 대지大地에 광풍 인다
호수에 소금쟁이 거닐면 실바람도 졸리다

「마음 호수」다. 눈동자와 마음 한 곳에 사특한 기운이
끼이면 한바다와 대지에 광풍으로 퍼진다. 그럼에도 종
장에 가서는 소금쟁이 물질하고 실바람이 졸음을 느끼는
호수를 은유하여 마음이 고요하고 평온하면 세상은 극
락, 낙원이 됨을 암시하며, 드디어 마음 닦기, 번뇌를 벗
어나 영원한 진리를 깨달은 경지, 멸도滅度에 이르는 길
을 튼다.

진흙소니 무쇠소니 헛소리 하는구먼
즉심시불, '마음이 바로 부처' 아닌가
믿으니
'짚신 세 벌'도 좋다
까막눈도 부처님

「즉심시불卽心是佛」이다. '진흙소'는 옛 고려 시대 고승
의 선시에 등장한 바 있다. 나무 말이 걸음을 옮기기도 한
다. 이 모든 선시의 언어는 일상어를 해체하는 충격소에

118

갈음한다. 일체유심조 아니던가. '짚신 세 벌'로 알아듣거
나 속화俗化한들 상관하랴. 종장 첫 마디를 독립시켜 믿
음을 강조했다.

　　백련白蓮 고운 아미 보고 보고 그리는데
　　백련은 사라지고 백운白雲이 피어나네
　　마음 꽃
　　희다 못해 파라니
　　맑은 하늘 품는다

「하늘 꽃」이다. 희디흰 연꽃 고운 아미蛾眉에 마음을 두
었으나 어느새 연꽃은 사라지고 흰 구름으로 변환된다.
무상이다. 마음 꽃이 마침내 파란빛이어서 맑은 하늘을
품는다. 마음 이미지가 그야말로 청청靑靑하다. 길을 찾았
는가. '마음 꽃'이 강조되었다.

　　한 노인 온몸으로 폐지 차 밀고 간다
　　예수님 고난인가 부처님 고행인가

　　땀방울,
　　청계 미풍 신난다

쇠백로도 반기네

「폐지 차」다. 수산의 사회적 자아가 수난과 고행에 동
참해 있다. 대승적 구원 의식의 발로, 자비의 보살행이다.
지혜를 얻었다. 종장 첫 마디를 독립된 행으로 설정하여
시상을 전환하면서 고행을 돋보이게 한 작중 의도가 엿
보인다. 청계천에 부는 미풍이 땀방울을 씻기느라 신나
하고 키가 큰 쇠백로도 폐지 차 굴러가는 길거리를 기웃
대며 반긴다.

　　도반님 또 만났군요 고송이 속삭였다
　　내생이 궁금하오? 나이테가 말하리다
　　부처가 멀리 있겠소 마음테를 살펴요

「고송古松의 팁」이다. 고송과 심적 대화다. 고송과는 도
반 관계다. 소나무 나이테와 마음테를 대구對句로 하여
다생多生을 통해 마음이 걸어온 길을 은유·상징화하고
있다.

　　바람 자면 십자十상 바람 불면 일원○상
　　개비는 변덕쟁이 이랬다가 저랬다가

120

내 마음 역시나 팔랑개비 정력定力 언제 굳을까

「팔랑개비」다. 기독교의 십자가와 원불교의 일원상이 변환, 융화되는 팔랑개비의 표상을 보여준다. 원불교의 포용적 만유관萬有觀이다. 종장에 와서는 불교의 계·정·혜戒定慧, 원불교의 정신 수양·사리 연구·작업 취사의 삼학三學 중에 '정'과 '정신 수양'이 굳지 못함을 한탄하고 있다.

향불이 타오른다 제 몸을 불사른다
향 내음 넌짓 타고 제비나비 춤춘다
솔바람 숨을 죽인다 동녘 햇귀 따습다

「자유 몸짓」이다. 해탈, 자유를 향한 치열한 몸짓, 그 절정이다. 불길의 격렬하고 역동적인 이미지에 향내의 연성 이미지가 솔바람 정밀 이미지를 만나 햇귀 이미지로 따습게 빛나서 좋다. 자유혼의 절정이다.

물에 비친 얼굴에 반한 내가 아니다
물속에 잠긴 달에 혹한 내가 아니다
악마에 영혼을 파는 미친 내가 아니다

「나 아닌 나」다. 시적 자아는 물속에 비친 자기 얼굴에 매료되는 자홀감自惚感, narcissism의 주인공과 악마 메피스토펠레스에게 영혼을 파는 파우스트가 되기를 거부한다. 나는 허공의 참달을 마다하고 물속에 잠긴 가짜 달에 혹하지도 않는다. 수산의 수행 과정은 온전히 '나'를 확인해 가는 것이다.

(3) 해우소의 안온과 적멸

수산이 도달하고자 한 적멸의 경지, 그것은 더할 나위 없는 안온의 시공時空일 것이다. 해우소야말로 그런 상징적 경지가 아닌가. 일체의 근심이 해소되는 시간과 공간 좌표에서, 실은 그런 시공의 존재마저 소멸하며, 그 소멸 자체도 소멸하고 마는 경지가 바로 해우소가 아닌가.

마누라 잔소리도 들리지 않는 이곳

마침내 낙뢰 소리 내 소우주 깨질라

황금을 버리고 나니 비비새 소리 해맑다

「해우소解憂所」다. 수도인의 길, 수산의 선적禪的 시혼詩魂의 순수자아에게 해맑은 비비새 소리 외에 모든 소리는 '소음noise'이다. 아니, 소리가 없다.

황금은 상징이다. 처음 원고에는 '가진 거'라고 되어 있었으나 뒤에 황금이라 상징화·구상화했다. 똥도 황금색이고 황금도 똥이라는 상징이다. 이 황금을 버리고 나니 새소리가 더 청아하게 들리는 것이다. 고요와 낙뢰 소리는 대구를 이룬다. 지극히 고요하니 낙뢰 소리로 들리고 요란한 벼락 소리는 고요를 더 고요하게 한다.

정인情人과 돛배 타면 한 삶이 꿈결이다

선정禪定 속에 날 잊고 바둑을 두어봐라

시간은 허공 꽃空華이다 지금 싹이 톡 튼다

「시간」이다. 시간은 다분히 주관적이다. 초장에서 시간이 후딱 가고 중장에서는 시간 가는 줄 모른다. 광속光速에서는 시간이 멈춰 있다고 하지 않는가. 그러니 이래저래 시간은 가짜 꽃이다.

선시로 보면, 속정俗情을 끊는 마음도 삼매경三昧境에

123

든다. 종장의 마지막 소절의 '톡'이 진공묘유眞空妙有의
깨달음을 환기하기에 최적 효과를 거둔다.

　　　새들이 노래하네 몸 무게 내리라고
　　　바람이 살랑대네 맘 무게 내리라고

　　　티 없이 걸림도 없이 목화구름 타볼래

「날개 없이 날다」다. 모든 소유와 욕망을 내려놓고 방
하착放下着, 무애경無碍境을 지향한다.

　　　물고기가 살랑대면 산수유 꽃이 핀다
　　　물고기가 딸랑대면 산수유 열매 맺고
　　　목어가 시월 노래 부르면 볼그스레 익는다

「풍경 소리」다. 사찰의 목어 소리 하나하나에 자연 만
상의 천변만화가 빚어지는 진실의 표상이 드러난다. 섭
리다.

　　　잡초를 뽑고 있다 목어가 달랑댄다
　　　박새가 똥을 싼다 머리 위 떨어진다

하늘을 우러러본다 흰 보살이 웃는다

「잡초가」다. 잡초가 잡초를 뽑고 있다. 비웃듯이 박새가 머리 위에 똥을 싼다. 박새가 지나간 하늘을 쳐다본다. 구름이 흰 보살로 웃고 있다.

그러나 선시적으로 보면 달리 드러나게 된다. 행위의 주체가 시적 자아 '나', 박새, 보살로 변이된다. 시선은 하강, 상승, 수평, 원공圓空, 초월의 표상으로 이동·귀착된다. '흰 보살' 표상이 원공을 이룬다.

목탁을 두드리다 노승이 졸고 있다
부처님 웃으시네 스님도 웃으시네
꿈속에 꽃을 받으시나 서역 노을 지는데

「암자」다. 목탁 소리 그치고, 노승은 졸고 있고, 부처님과 스님은 미소 하나로 소통한다. 꿈속 정경은 시적 자아의 상상 세계다. 서역 노을에 우주는 물들고, 선禪의 세계다. 색신色身·육체·물질의 속박이 소멸된 무색계無色界의 현현顯現이다. "목어를 두드리다/ 졸음에 겨워// 고오운 상좌 아이도/ 잠이 들었다// 부처님은 말없이/ 웃으시는

데// 서역 만릿길// 눈부신 노을 아래/ 모란이 진다"라고
한 조지훈의 근대시 「고사古寺」와 짝을 이룬다. 의도적 패
러디다.

> 무료는 밖을 보고 고독은 안을 본다
> 가슴속 깊이 있나 단전에 틀고 있나
>
> 가즈아 고독이 썩은 자리 천도복숭아 움튼다

「고독 정원」이다. 무료와 고독이 대구를 이루었다. 고
독이 썩은 그 자리에, 천상계에서 3천 년에 한 번 천도복
숭아가 꽃을 피운다고 한다. 천도복숭아는 상징이다. 수
행하는 선적 자아가 선연히 떠오른다.

> 지구에 하늘 하나 내 별에 하늘 하나
> 은하로 이어놓고 초승달 띄워놓고 ─
> 낚싯대 넌지시 드리우고 선시禪詩 한 수 낚을까

「하늘 바다」다. '하늘 바다'의 천체미학이 단지 미학적
차원에 머물러 있지 않다. 시적 자아의 선적 우주다. 낚싯
대 표상도 때를 기다리는 경세經世의 포부와 다르기에 순

수한 탈속脫俗이다.

> 수련 핀 바탕화면 흰 구름 졸고 있다
> 물속의 웃는 얼굴 나도 마주 웃는다
> 연못은 주인 없는 거울 하늘 미소 말갛네

「어떤 미소」다. "흰 구름 졸고 있다"는 가진술이 마음 길을 연다. 중장에서, 내가 웃는지 물속의 내가 웃는지 누가 주인인지 모른다. 물아物我가 분별이 되지 않는다. 청 정심이 맑고 밝다.

> 정암사淨巖寺 추녀 아래 목어木魚가 찰랑대니
> 백당나무 열매도 빠알갛게 영근다
> 단청도 노을이 든다 적멸赤滅보궁 익는다

「적멸보궁寂滅寶宮」이다. 적멸보궁은 석가모니 부처의 진신사리를 모신 곳이다. 강원도 정선군, 월정사의 말사 인 정암사에 있다. 목어도 백당나무 열매도 붉고 단청도 모두 붉어서 '고요할 적寂' 자를 '붉을 적赤' 자로 바꾸었 나 보다. 고요를 색으로 표현한 하나의 공감각화共感覺化 라 할 수 있다. 적멸이 더 돋보인다.

해인사 팔만 일천 장경 속에 조느니
　　장터 속에 어울리게 독경이나 하든가
　　바닷가 정자에 앉아 파도 소리 보든가

　「장경 너머」다. 해인사 장경각에는 8만 1,258판의 고려대장경이 소장되어 있다. 8만 대장경에 묻혀 졸고 있는가? 차라리 중생이 부대끼는 장터에 나가 경을 외우거나 바닷가 정자에 앉아 파도 소리, 대자연의 음향에서 불성佛性에 접하기를 권한다. 절간에서 면벽面壁하고 선禪을 하랴. 무시선無時禪 무처선無處禪이다.

　　경차는 군살 빼고 날 듯이 단출하다
　　용모는 깜찍하고 그 품은 엄마 같다
　　안기면 포근하더라 자궁 속만 같더라

　「경차」다. 깨달음은 무욕견진無慾見眞의 다른 말이다. 경차輕車는 무욕의 대유代喩. 도인 수산은 마침내 무욕의 경지에 이르렀다. 도道는 고도를 가름하는 추상抽象과 형이상학形而上學이 아닌 실천궁행實踐躬行이다. 수산 시인은 실제로 경차를 탄다. 경제학 박사, 전직 해양수산부

장관, 각자覺者 수산 시인에게는, 옛적 선시구禪詩句처럼
그런 거 다 '허공의 뼈다귀'다.

(4) 어머니 · 우아미 · 익살

　수산 시인의 시적 상상력은 선시적 목적성에만 매여
있지 않다. 자연 연상력이 풍부하다. 그 벼리가 되는 것이
어머니 표상이다. 선은 무애無碍가 아닌가.

　　달빛이 익힌 향기 하얗게 별로 떴네
　　흰 새벽 목욕했나 향기가 파릇하다
　　옥비녀 모시 적삼이 고우시던 어머니

　「옥잠화玉簪花」다. 옥잠화 표상화의 매개어가 달빛과
별을 거쳐 어머니에게 귀착했다. '달빛이 익힌 향기'가 현
대시의 기법으로서 은은히 빛난다. '향기가 파릇하다'의
공감각적 이미지도 전경화前景化했다. 곱고 평온한 어머
니상이 그지없이 오롯하다. 우아미優雅美다.

　"당신께 나의 모든 것을 드립니다!"
　　된장국에 넣을 냉이 얼마든지 드려요

올 엄마 한평생 손맛 솥뚜껑이 윤나네

「냉이 꽃말」이다. 냉이 꽃말을 부각해 어머니의 정을 환기하는 연상법이 아련한 그리움을 불러온다. 정감이 다사롭고 은은하다.

수산 어머니의 표상은 밝고 곱다. 묵상 수도의 길에서 거듭난 어머니 표상에, 수산 시인의 밝고 맑은 천품이 더해져 이같이 고운 시조가 창작되는 것이리라.

명월이 소림 속에 달빛 잔치 벌였네
달무리 방장 치고 단원을 초대했대 –
단원은 가슴속에 들었나 치마폭에 숨었나

「소림명월도疏林明月圖 – 단원 김홍도의 명월」이다. 김홍도의 명화에 대한 감회를 표출했다. 우리 전통의 박명미학薄明美學을 재현한 것이다. 단원은 왜 그림에서, 추사의 〈세한도歲寒圖〉와 유사한 성근 나무, 소림疏林을 상정했을까? 그는 조선 신분사회에서 양반가의 서자로 태어나서 중인의 삶을 살아야 했다. 이 그림 속에서 사람은 간데 없고 명월에 달무리 방장이 박명미학을 더 잘 나타내고 있다.

갸름한 얼굴에다 아래턱 넉넉하고
긴 코에 실눈 웃음 치켜든 입술 꼬리
부네탈 연지 곤지 귀엽다 사내 간장 녹이네

「하회 부네탈」이다. 익살이다. 우리나라 1천 번 내우외
환의 비탄을 곰삭인 우리 전통 미학의 본바탕은 비애미悲
哀美다. 우리 민족의 신화와 민담에는 비극이 없다. 비극
적 비전을 비애미로 순화해왔다. 조선 후기에 들어 판소
리, 가면극 등에 익살을 섞으면서 비탄을 눅여온 것이 우
리 예술이다. 사설시조도 이 흐름에 동참해왔다. 이제 평
시조에 익살이 번득이니 반가운 현상이다. 수산 시인의
'익살시조'에 기대를 건다. 헤풀어진 천박성이 아닌 가붓
한 골계미滑稽美 말이다.

3. 맺는 말

수산 조정제 시조시인이 두 번째 시조집을 상재하게
되었다. 낭보다. 영문학사, 경제학 박사, 해양수산부 장
관의 빛나는 학력과 경력에 더하여 반세기가 넘는 종교

생활로 성취한 값진 업적이다. 수산 시인의 시조 시력, 겨우 두 해 남짓하다. 그동안 수백 수를 써서 알곡 86수를 제1시조집 『파랑새』에, 80수는 제2시조집 『해우소』에 실었다.

수산 시인의 시조 창작열과 창작법 수용 능력은 비범하다. 문일이창십聞一而創十이다. 여느 문예 장르와 마찬가지로 시조 역시 감수성의 예리한 촉수와 사유의 높이와 깊이를 벼리고 가늠해야 한다는 창작률에 수산 시인은 정통한 것으로 보인다. 수산 시인의 시조는 우리 전통적 감수성의 현대화 기법과 선불교적禪佛敎的 사유의 세계를 융화시켜야 한다는 미학적 난제 풀기에 정진한 노작勞作이다.

수산 시인의 시조 쓰기는 수도의 과정이며, 종국에는 선정·적멸의 경지를 지향한다. 수산 시조의 본령은 요컨대 선시조다. 선시의 언어는 언어를 무화한 언어이므로 자주 역설과 가진술로 선시적 상징과 은유를 표출한다.

수산 시조의 노작 과정은 〈십우도〉의 길이다. 잃은 소를 찾아 나서고, 그 발자국을 가려내어 소를 발견한다. 날뛰는 소를 길들여 타고 집으로 돌아오는 〈십우도〉의 전 과정은 모두 마음 안에서 일어나는바, 일체유심조다. 마음이 곧 부처, 심즉시불心卽是佛이다. '참나'를 찾는 진리와 자유의 길이다. 수산 시인이 마음 닦기의 정점에서 만난 것이 곧 '해우소'다. 거기서는 그런 시공의 존재마저 소멸하며, 그 소멸 자체도 소멸하고 만다. 존재 일체의 우주적 전일성이 실현되며, 모든 소유와 욕망을 내려놓은 방하착, 무애경을 여는 것이 수산 시조의 향방이다.

수산 시인이 조성한 시조미학, 어머니와 〈소림명월도〉 표상의 우아미, 하회 부네탈의 익살도 선시의 언저리에 놓인 우리 전통미의 귀한 유산이다.

수산 시인은 '보여주기 시조미학 실현'에 성공했다. 물리적 현상을 뒤집어 시치미 떼고, 빛과 소리와 향기와 냉온 감각을 교차·융화하는 공감각적 심상까지 영글었다. 두 번째 시조 작법 실험을 끝낸 것이다. 앞으로 제3시조집 출간에 불끈 솟는 도약의 그날을 고대하기로 한다.

1939년 경남 고성固城에서 태어남

1. 주요 문단 활동

《시조생활》등단(2016)

세계전통시인협회 한국본부 전통시번역연구소장

《수필문학》등단(2004)

《문학공간》(소설 부문) 등단(2005)

《에세이스트》고문, 한국문인협회 및 국제펜클럽 한국본부 회원

재경고성문인협회 회장 지냄

2. 주요 공직 및 NGO 활동

해양수산부 장관(문민정부, 1997-1998)

규제개혁위원회 경제분과위원장(국민의 정부, 1998-2000)

국무총리실 정책평가위원장(노무현 정부, 2003-2005)

바다살리기국민운동본부 총재(2011-현재)

3. 주요 학계 및 연구 활동

서울대학교 영어영문학과 학사(1958년 입학, 1963년 졸업)

미국 캔사스주립대학교Kansas State University 경제학 박사(1976)

국토연구원 연구위원 및 부원장(1978-1990)

국토·도시계획학회장(1992-1994)

해운산업연구원장 및 해양환경안전학회장(1994-1997)

해양대학교 명예 경영학 박사(1998)

가천대학교 석좌교수(2005-2007)

4. 저서 활동

□ 수필 및 수상집

『좁은 땅 넓은 바다』(한울 ; 문화관광부 국민권장도서, 2002)

『책을 태우고』(동남풍, 2003)

『남산이 보일 때』(교음사, 2006)

『바다와 어머니』(교음사, 2012)

□ 장편소설

『북행열차』(한강, 2005)

『카알라의 강』(한강, 2006)

□ 시조집

『도반』(공저)(도반, 2017)

『파랑새』(도서출판 東曜, 2018)

□ 한영 대역 시조집

『자유와 절제 사이, *Sijo Poems Between Freedom And Restraint*』(공저)(도반, 2017)

5. 상훈

모란장(대한민국 정부, 2001)

청조근정훈장(대한민국 정부, 2003)

수필문학상(한국수필가협회, 2010)

해사문화상(한국해운물류협회, 2010)

6. 종교 활동 및 법훈法勳

원불교 입교入敎(1963)

원불교 문화·예술총연합회 초대 회장 지냄

원불교 문인협회 고문(2009-현재)

원불교 전국청운회연합회 및 보은동산 회장 지냄

원불교 수위단회首位團會 단원(2006-2012)

종사宗師(出家位) 법훈 수훈(원불교, 2016)

아프리카어린이돕는모임 이사장(1995-현재)